U0789290

漢孝惠帝后張氏非魯元公主親生女論

漢孝惠帝四年立皇后張氏帝姊魯元公主女也以舅妻甥而母天下瀆倫傷化史册譏之三魚堂賸言獨謂孝惠后張氏非魯元親生女高帝七年上欲以魯元許匈奴此時尚未歸張敖安得至孝惠四年遂有如此長女荀悅譏其非禮恐未攷清獻此論實千古所未發攷惠帝年十六即位又四年而冠魯元長於帝若干年史無可攷漢之敗於彭城也高祖馳去道逢孝惠魯元載以行楚騎追急復推墮之滕公收載兩兒面雍樹馳雍樹云者師古以為令兒面背己抱之以馳也時孝惠魯元均尚幼故滕公得抱持車中以脱於難安在孝惠冠而魯元之女已能配帝耶高祖罷平城歸以婁敬言欲遣長公主呂后泣曰妾惟一女奈何棄之匈奴帝歸長安在七年二月而其先十二月帝還過趙趙王張敖執子壻禮甚恭已見張耳傳使魯元已歸張敖耶敬不當復請妻匈奴也敬即敢請帝豈忍奪已嫁之女而他遣帝即忍遣呂后必有辭折之不但如史所云也使魯元未歸張敖耶則謂趙王執子壻禮又何說也或者議和親時魯元雖許張敖而未嫁帝欲改遣以呂后言中止其歸張敖在七年後無疑然則推至孝惠四年即有女不及十齡何以得立為后耶或曰昭帝上官后入宮裁六歲安知張后不類是然史稱呂太后欲其生子萬方終無子則非稚齒女可知斷以為非魯

史記集解南陽人謂抱小兒為雍樹

史記作他姬子今從漢書

元親生其説確不可易再攷張耳傳呂太后封敖前婦子二人為侯明有前婦二字足證何自來讀史者均未之察也雖然以為非魯元親生女可也謂其女遂足以配帝則不可非禮之譏猶不能免也特未滅焉而已

碩人詩説

碩人為國人閔莊姜之詩小序與左傳同竊以為此宮人作也衛人嘗詠宣姜矣鬒髮皙顔而極之胡帝胡天不過擬議之詞爾碩人之美莊姜也美其手美其膚美其領美其齒美其首與眉倩與盼形容宮豔纖悉如繪非密邇帷闥親侍巾櫛者不能道其髣髴國人何以能覼縷若斯也古者諸侯夫人惟宗婦使臣得以幣覿然亦非常禮若莊姜之貞静自持雖外廷猶不得見況國人乎且詩稱大夫知非在位之言末叙庶姜亦非隨媵之作蓋衛宮女史閔姜之賢惜公之惑而婉轉託諷其言夫人嫺族之貴容貌之麗與禮儀媵送之盛也外揚夫人而内抑嬖妾若曰公所寵之人亦有是焉否耶詩不明言夫人棄置之怨但微其詞曰大夫夙退無使君勞使莊公聞而自媿冀一日之迴心焉蓋其旨婉其心苦矣此詩自宮人言之則親切自國人言之則媟褻序傳所謂國人衛人本兼宮人在内讀詩者當別白之

左傳莊二十四年杜注禮小君至大夫執贄以見明臣子之道

俞蔭甫院長春在堂詩集序 代

文章之事，舉本以賅末，因源以達委。是惟無作，作則不期其工而天下之工者無以尚。木之大者，參天蔽日，垂蔭十畝，而方春著花，未嘗不旖旎焉。水之大者，包山絡川，溉田千里，而因風生瀾，未嘗不淪漣焉。觀水木而惟旖旎淪漣之愛，則與在盆盎沼沚者何異。惟詩亦然。古之善為詩者，不於詩乎求也。俶儻之才，英偉之識，深博無涯涘之學，積而不已，則以其餘溢而為詩。觸境而發，稱心而出，無不曲折而奔赴。斯時草木萬彙盡為我機杼，風雲百怪皆入我鑪冶。言其所欲言，得其所獨得，無意為詩而詩工。豈與夫摘章繢句、分唐界宋者同日而語哉。德清俞蔭甫太史向在詞垣有聲，及視學中州，罷歸，僦居吳市，鍵戶著書。矻矻不倦。所撰羣經平議，闡發故訓，說經家以為指南。諸子平議屬稿未出，學者延頸企望。余習聞太史名，未獲數見。今年春制府馬公延主西湖詁經精舍，乃得時相過從。太史課士崇經術，獎樸學，不徒尚詞章之美，即其所宗主者可知也。一日偶出所為春在堂詩集示余。余於學無所得，風塵鞅掌，詩又不暇以為，何足以知太史之詩哉。然嘗論古作者之恉，則有在矣。太史之詩，寓新變於法度之中，發神悟於意象之表，天才雋邁，絕去畛畦，驟讀之，清奇秀拔，若古輅之疏峭，而洪波之激盪也。徐測所由，則與余所謂觸境而發，稱心而出，曲折奔赴，萬象畢會者，

先以古文為詩者為太史寫照

乃無不合。是豈猶夫世之為詩者與。太史曩官京師。不嗜榮利。蕭然有山水志。既歸倘徉湖山。壹意著述。於名位起落。一不挂懷。此其胸次夷曠、過人絕遠。固宜其詩超出埃壒。而世之僅以詩稱太史者。猶未為知言也。校刻既成。輒書所見相質。是為序。

楊抑甫鏡海樓詩鈔序 代慰農師

同治丁卯余主講杭州崇文書院下榻於西湖仰山樓憑闌四矚雲容水態蕩漾百變暇則約二三同志躡屐游山所至名勝涉筆賦詩嘐然自得因以悟文章之妙非徒流覽山川嘯詠風月也本其身世之遇以發其胸次所獨得之奇必有不能已於言者而所遭之時與所歷之地夫人而異則其悲愉舒鬱之致亦不必不能以强同而詩之真出焉門下士羊辛楣孝廉出其内兄海昌楊子抑甫所著鏡海樓詩鈔問序於余余讀之風格渾成音情激楚於近體尤工其悲涼沈鬱大抵皆憂時傷亂之作蓋君於前數年流離兵火間關風雪境之厄塞乃爾故其所作直欲近揖梅村遠跡少陵余既喜楊子之詩之工而益歎楊（其）子之詩之所以工者由於所遭之時與所歷之地然也今夫西湖天下之奇也風泉林壑之美宜若終古而不變然余自辛酉秋去杭適越別柳湖隄黯然無色癸亥冬以軍事來杭甲子夏出縮郡篆屢道湖上耳目所及泉鳴谷湧風起葉飛皆足發其其無端之慨雲光若為之黯黮水聲若為之悽愴今來湖壖覺林花潭月競妍四時又適足以怡情而養性無他昔之時烽燧而今則煙波也昔之地戰爭而今則歌舞也昔之遇金笳鐵馬而今則笛輿畫舫也夫西湖一天地無聲之詩曾幾何時而風（觀身世內考性靈遭遇閱歷之不齊）景之不同若此況學人外積閱歷內深蘊抱本屬月異而歲不

同之事榮悴盛衰之間烏可以一理概之哉今楊子往矣讀楊子（其）之詩哀楊（其）子之遇霜風淒然商聲四應轉增余感舊之思也已是年孟冬之月全椒薛某序（泉鳴谷湧句後改猿啼谷應）

五好山房記

方伯楊公嘗名其燕坐讀書之室曰求放心齋既又易之曰五好山房蓋隨所居而名之無定在也先正有言曰存好心行好事說好話讀好書交好友其言平易淺近學者視為無足異方伯以道德勳業聞天下意必有殊異之行卓絕之識足以垂世而樹範乃其所取者不過曰五好云爾何言之謙也於是而知君子之學貴乎務實不在乎好高以驚名也久矣夫人一言一行莫不本其心之所發見書以鏡得失友以資規勸五者仍即心以為主士當潛脩閭巷雖無聖賢之志與之言得位乘時必不願為俗吏所為而亟思有濟於物一旦之官頓易其初心而不悔彼其所存者何心也源之不清者流濁本之不堅者末敗心存乎利祿其所言所行者未嘗無可見之才卒其所徇者利祿而已矣心存乎功名其所言所行者未嘗無立見之效卒其所趨者功名而已矣趨功名之與徇利祿相去雖遠而均之為未聞乎道夫存心者所以存道也心於何存惟其外無累而中有主也若夫天下之書無不有資於博覽至於辨古今之善敗析義理之是非名臣大儒所恃以得力者亦無多書友則士人自束髮以後無不知擇洎乎通籍而規者一諛者百則又志乎道義之難也然則何以為好書無悖乎理而已何以為好友無趨乎時而已無悖乎理無趨乎時則已庶幾乎道而於吾所謂

存心者。相輔而有功。其於古聖賢求放心之旨。又未始不合。是烏可以易言之耶。勤勤乎既其實而不惟其名。雖終身行之可也。銘幸得聞公之緒論。謹推闡其意而為之記。

極

沈遠香梅里詞輯序代

浙西多詞家而盛於嘉禾其地本水鄉煙波渺瀰魚蟹菱藕之饒而城南鴛鴦湖澄瑩如鏡尤占其勝水澤之氣靈秀鍾焉故詞人往往傑出自長水塘而南為梅會里　國初以來號稱詞藪嗚呼盛矣咸豐乙卯丙辰間余宰是邦攬其水土人文之美樂而安之公暇過梅里訪曝書亭故址竹垞秋錦諸先生履綦已沫風流猶可想見摩挲石柱讀儀徵太傅追和百令字詞輒低回留之不忍去沈君遠香隱梅里以著述自娛所為詩古文文灑然絕異嘗撰梅里詞輯八卷令子士鳳廣文寄示余余讀其書本里中薛氏廷文馮氏登府舊輯而遠香積十餘年之力補訂成之於梅里詞家搜採無所不備夫竹垞秋錦耒邊為詞苑大宗尚矣乃其同里諸彥亦各能以幽微窈眇之音空靈婉約之旨沿浙西詞派流為嗣響豈獨淵源有自抑亦其風土使然與自余去官後屢道禾中泛鴛湖出長水月明之夕漁謳四起鷗鷺近人每思擫篴倚聲一譜其香靄之趣展玩是編扣舷擊節益令我神往不置也

崇文書院籌備住院生徒食米記代

同治甲子乙丑間杭州三書院既建復都人士肄業其中學舍幾滿外郡之士亦多負笈而至者崇文書院居棲霞之麓占湖山之勝學者尤樂趨之朔望官師課試定給膏火若干名如額歲由鹺使者庫撥款以濟則既復承平之舊規矣顧又念寒士在院校其所入未能自贍不為之謀懼無以壹其志而安其業乃議住齋生徒月餼米人三斗資其饔飧牒會城各倉存米以時供支三院歲凡六百石有奇戊辰春以倉米不繼復議更章余為言於中丞撥牙釐局善舉項下二萬緡就質庫取息以辦既報可則令監院月以諸生名籍上廩之如前數凡不住院者不與俾永為例焉余維古者書院皆有田歲取其租以供諸生之饘粥今非不有志乎此而力未之逮也昔范文正斷齏畫粥讀書不倦謝上蔡館於程子門側上漏旁穿天大風雪市飯不得溫處之泰然士苟有艱苦卓絕之行如二公者則其朝夕所需亦不爭此升斗之有無然既有以助其不給而謀其久遠則士之所以致力於學者又當何如哉爰識其緣起如此是為記

水星閣記代

凡地有山水亭臺之勝而興廢於民無繫或葺以資游覽供吟眺官斯土者不問也事苟宜民舉無失時役雖小宜有述焉水星閣當會城東北隅前臨白洋池風景清曠微波蕩漾灑然可觀相傳其地為南宋張循王孫鎡故宅後捨為寺紹熙元年賜額所謂廣壽慧雲禪寺者今已不可蹤跡屢經興廢碑記猶可攷也乾隆末邑人徐堯鑑司馬重搆玉照堂植梅百株花時游侶雜沓徘徊夕陽文讌之盛萃於是閣咸豐辛酉冦亂復燬余始命葺而新之功甫舊園八十景當承平時已無能髣髴而茲閣遺址幸不久廢於荒煙蔓草閒閣之以水星名也不知所自昉或曰郡多火厄居民以是禳吳回之災有厭勝之義余既取其有以福民而亦無損於游觀也閣成為記以鑱諸壁同治七年三月某日也

紀聞

潁上民某遠賈歸，往省其叔父某甲。甲方曬麥，心利姪富，陽怒其踐麥叱去之，即自刃其妻左股，負之官，訴姪逆倫狀。縣令程公鈺，字琢堂，鄱陽孝廉也，聞即命隸詰居址而傳，鼓坐堂皇，久之未出，日昳出，驗視畢，笑曰：汝何惜褲也，一布褲尚惜，而不惜其姪之首可乎？甲愕然。公曰：凡刃刺股者，必先穿褲而後達於膚，今汝妻褲尚完好，明係汝自刃耳，誣姪何為？甲以妻已換褲對。公笑曰：汝家只一褲，何庸抵賴，餃子已熟，可速歸也。蓋公已潛至其家視之矣。竟不問其姪，一縣駭服。

郭世亨，字梅卿，蕭山人，道光丙申進士，知安徽太平縣事。盜於城北夜劫，公聞率隸跡之。天微明，遇父老，問曰：比日耳目聞覺有異乎？對曰：五日前閩人賣青果者來，十數許人耳，今已去。公曰：自太平歸閩取何道？曰：廣德州。州何往？曰：南門。公行二十里，問逆旅曰：有閩人飯此者乎？曰：無有。有羣行者乎？曰：頃數人肩病者於牀，殆類閩人狀。公曰：是矣。馳而往，遇諸塗，盜棄贓逸，公追之，盜走踞一山，擲石雨下，公跣而登，呼曰：禽盜者有賞。村民環集，譟而登，禽九盜，收其黨四人於寓，日猶未中也。黎至廷一訊皆服，闔郡驚為神明。杭州汪小蓮客皖中久，為余述其事，作紀聞。

送沈品蓮觀察之官江右序

江出峽東漢自北。彭蠡自南為滙。而九江郡當其衝。實持吳楚
之鍵。
朝廷以長江天塹。特設重臣開命(府)。起巴陵訖海澨。亙二千里。九
江居其中。而首尾相(交)應。西洋重譯諸國。往來互市。帆、檣所集。珍
貨所湊。於是乎聚焉。是惟監司大吏駐節之地。非有籌略深遠。
風力著聞者。控馭撫綏其間。奉使不能稱
上意。則往往不膺是選。同治壬申秋八月。暨陽沈公奉
天子命。備兵是邦。士大夫相顧色喜。江以右四郡二十三縣之
吏民聞者。且交相慶也。是何故哉。蓋公之績效有聲於時久矣。

同治初元。公出佐今相國李公。削平吳會。軍府之儲。委輸不絕。
羽書旁午。入參帷幄。細大之務。靡不綜貫。洎乎東南底定。前相
國曾文正公。與相國李公。深惟
國家武備之不可以已也。思欲悉中土之材。練外洋之技。乃始
創為江南機器局。橫海之船。發機之礮。博蒐軍實。公有力焉。既
乃以其所有事江南者。而移之津門。制器利用。惟所設施。毗贊
海防。厥益宏大。公於治事。精思詣微。善持獨見。所守屹然不可
奪。用人必取其才。而有、行者。孳孳焉日、教誡、之。如恐、不、及。雖、以
銘之不肖。亦幸得奉令承教。而毋貽於戾焉。刻躬厲行。弊絕風
清。觀公曩者之所為。識者固已想望丰采矣。而銘獨以為公前

之所為。事皆創設。或非
國家條格所有。故能殫意經營。必要於成。而無不如志。今之為
政西江也。上有方伯連帥專其柄。下有守令丞倅紛其治。而窮
海島夷。近在階闥。斂關而至。延頸下風。賢者恒多遲迴審顧於
其際。竊願公之謹大體。塞未萌。靜之而內外自孚也。柔之而遐
邇自馴也。廉惠布。恩信昭。動猷爛然。與臣盧並峙。用克副
朝廷褒任之意。若夫校稅課之盈虛。振吏治之頹敝。世俗之所
以重公。而公直以為餘事矣。於其行謹書之。以為序。

司馬遷下蠶室論

蔡邕被收請髡首刖足繼成漢史王允不許卒誅邕竊謂允之誅邕過矣而邕之所以為此請者則非無所本也邕博學多聞習掌故知决事必有比非漫求者其請蓋舉司馬遷自例允故以孝武不殺司馬遷使成謗史為辭所以窒邕之請也然史不言邕之請出於遷遷之下蠶室出於其自請何也是在讀史者心知其意矣夫遷以救李陵得罪遷但欲護陵耳非有沮貳師意也帝怒其欲沮貳師而為陵游說則遷罪更不容誅以武帝用法之嚴而吏傅帝意以寘遷於法遷之死尚得免乎漢法罪當斬贖為庶人者惟軍將為然而死罪欲腐者許之則自景帝時著為令張賀以戾太子賓客當誅其弟安世為上書得下蠶室是其明證遷惜史記未成請減死一等就刑以繼成父談所為史帝亦惜其才而不忍致誅然則遷之下蠶室出於其自請無疑也遷報任少卿書曰草創未就會遭此禍惜其不成是以就極刑而無慍色又曰僕誠已著此書藏之名山傳之其人通邑大都則僕償前辱之責雖萬被戮豈有悔哉尋文考指當日遷所以請與帝所以貫之之本末猶可推見史家諱不書耳若魏明帝譏遷以被刑之故隱切武帝王肅謂帝取觀遷所作孝景及己本紀怒而投之後遂以李陵事下蠶室而裴駰自序引衛宏漢舊儀注謂遷被刑後有怨言下獄死均非事實不足辨嗚

呼作史者不有人禍必有天殃遷以史未成幸得賒死班范卒皆坐誅邕亦為王允所殺可不懼哉

天漢四年令死罪人贖錢五十萬減死一等遷言家貧貨賂不足以自贖此不得已而下蠶室也此意宜入文中

丙子閏五月讀姚氏惜抱軒筆記司馬子長吏議為誣上則漢律所謂不道罪當死者其下蠶室必是自請亦如張賀故報任安書言幽糞土之中而不辭反覆自明其所以不忍死之故也云云是姚氏固亦先有此說

先曾王父政威府君家傳

趙氏出宋秀安僖王後裔郡東廿里魏塘之北有西倉里者故老相傳為秀邸置倉所子孫式微聚耕於此其地至今有趙家壩之目六世祖上卿公始遷郡城著籍秀水五世祖中立公卑卒無子以兄中實公之仲子為後是為我高祖蔚蒼公蔚蒼公無子以弟艮山公之長子為後即先曾王父政威府君也府君諱國柱（字）政威其字年八歲出持所後父服事母錢太君盡孝蔚蒼公之歿也錢太君欲得伯兄之子為嗣是時伯兄北溟公以孝廉官象山教諭（方）其次子蘭生先生負時望繼登賢書為錢太君所愛欲以為嗣北溟公不可錢太君既不得請則盡攜所有依其壻沈氏而視府君漠然府君先娶妣周繼妣錢並事錢太君惟謹未幾錢太君所依壻（沈氏夫婦）及女皆卒蘭生先生館（客死）京師亦卒（錢太君）乃歸就府君養于十餘年臨歿謂府君曰鄉我得蘭生為子今（將）其早卒我何依我所有盡耗於壻無一箸遺汝汝夫婦孝養為（廿年）人所難我當乞一孫與汝錢太君歿逾年而（我）先考生人謂太君之言驗也府君清介嚴毅不妄言笑交不苟取與家貧無儋石儲布衣蔬食非客至未嘗肉食為人司會計精敏慤實有慕之者挽人以多金聘輒謝不往篤於倫紀孜孜不怠治上卿公以下三世五塋手自封植獨力措拄不以諉諸昆弟初卜地甚狹塋前後皆富家地不肯讓府君求之數十年久而彌篤後皆折券

讓府君焉中表施某避其子來依府君府君善遇之既歿殯殮盡禮其子來迎柩歸發其篋遺金宛然施所籍記絲髮不動乃大感服中表金某窮老無歸客府君所見府君貧意良不忍欲辭去府君慰留甚堅十日早起襆被去府君追二十里外挽歸後倘府君他出去之吳門遂不知所終府君屢訪不得以為感自少勤力養親未嘗學問於古今史傳大節目事顧能言之鑿鑿府君從兄金粟先生北溟公長子也為邑名諸生文甲一郡獨喜就府君談論出試藝相示評隲懇當間論及先世事府君引大義相繩切金粟先生為之折服其見敬愛如此里黨見府君者無不嚴憚推以為正人府君壽六十二歲以無疾終葬耳

妣氏周早卒繼

卿公墓兆西北墓在西倉里四世合葬即府君所治地也妣氏錢海鹽廩生藥菴公女性靜有闇德佐府君治家井井子二長即先王父頤菴府君次為叔祖泰然府君女一適海鹽錢氏曾王母之姪庠生竹溪公也

此文現刪節七十字

貤贈奉政大夫先王父頤莽府君家傳

府君諱煒字怡安別號頤莽父政咸公在日碧漪坊老屋入官僦居城南濠股街家道寒苦府君少時就塾衣綠色布襦客來必付質庫月必三四以為常日再食惟乾齏一盤而已無他饌也年十三政咸公問所志府君欲紓父母憂願就吏政咸公娶於錢為半邏士族府君既試為吏應賓客支門戶銖積寸累以起其家暇則從錢氏諸舅游益通知古今事年三十外棄吏始注籍為國子監生先世自中實公以友愛稱哭弟逾期而哀艮山公以兄逋課至籍產無怨言政咸公治三世五葬卒贖入官產以成先志累世孝友傳為家法府君繼之雍雍(允以睦婣任卹為己任)色養不以緩急累親政咸公歿其前夕所御下酒物府君後不忍嘗同母弟泰然公卒府君嫁其二女從弟雲浦公卒撫其家十餘年為賃屋茶亭街月餽錢米必親致之葬其兩世惟謹從父可均公適越撫其家三年(不足則)時方客游梨里至稱貸於人以應舉親舊二十餘喪助族之不能婚葬者人有乞貸久之棄券不責償凡數千金鄉里以為盛德梨里周尹崖者(氏有大獄)府君戚也其叔有大獄府君至所以慰安之甚力比獄解周氏餽之金不受邀游姑蘇命妓者侑觴為壽府君立避席去府君既還碧漪坊復買韭溪橋宅自梨里歸為(我)先考授室而碧漪坊屋圮乃貸千二百金於胡(君)氏葺治故廬道光辛卯落成遂自韭溪橋移居焉胡君字邦衡府

君老友通財四十年其歡好如(無間者)一日也嘉慶甲子道光癸未邑
大災府君勸鄉里平糶周行村落務使貧下之户得所哺而後
安爲人排難解紛善析事理人得其一言無不悦服田夫野老
以事走訴徐寛曉之款語終日訖無倦容性好客客至羅酒漿
飾狀榻或弈或博必盡客之歡乃罷以故客無虚日酒酣以往
談鄉先正格言逸事娓娓不厭座客以謂聞所未聞歲在丙辰
先考補縣學生自戊子訖丙午十試棘闈甲辰被薦主司評其
文爲才人之筆卒(終)不遇府君不以爲慼銘兄弟授經府君延陸
西美師於家禮敬甚至夜則(嘗)與西美師評論古義嘗(因)謂銘曰汝
讀左傳當知鄭莊公稱母姜氏不待城潁之誓足知其不孝矣

質周王子不待繻葛之射足知其無君矣西美師辭去師族祖
益卿先生府君禮之尤篤咸豐壬子乙卯闈銘嘗屢薦不售府
君曰時未至耳毋躁生平無疾言遽色温温藹藹未嘗忤物尤
不喜訶叱婢僕聞笞婢聲即慘然不樂鄰人曹嘉麟者依府君
以活嘗邮其父母之喪曹貧無行竊府君百金逸或勸鳴官府
君曰渠何顔再見我置不問酤者潘忠酒惡府君終不令他沽
曰鄰且棄之彼將安賴有黄僕老矣善醉廢事府(終)君優容(之)如故
九歲時婢滌溺器不謹抉之終身屏器不用曰無累下人其寛
厚慈祥類如此先是術者言府君五十六當厄不爾且壽八十
道光乙未府君年五十五而先王母謝太宜人及花隱叔父卒

府君及期無恙於是年六十而庶祖母陳來歸十年之間幼叔稺姑姊弟四人環侍膝下是時自先考以下子女林立內外食指數百隘不能容府君前已構堂三楹至是拓旁舍而一新之親朋畢賀府君優游晚境顧以薄功厚享為誡己酉冬不戒於火時方大祲生計日替府君從居贊福橋以銘弟錞侍養容色恬然咸豐癸丑學使德化萬公歲試擢銘第一食餼於庠錞入府學府君甚喜乙卯九月病卒壽七十四葬白鷺涇之廬家庫輿西宕里祖塋相望也府君有男子子五長即我先考諱義音府君家基庠生次花隱叔父家塾次作梅叔父家墉從九品出後泰然君公並謝太宜人出次松屏叔父家城嶺梅叔父家堡並陳孺人出女子子四長適周朵雲次適庠生于世埏謝太宜人出次適阮文瀾幼者與母兄同日殉庚申之難並已 旌表陳孺人出也孫男五人銘錞鍾銓鈖孫女一人曾孫一人銘以諸生從戎同治己巳用平捻功擢直隸州知州

詔予五品封典於是得

貤贈府君奉政大夫又明年銘以功進山東知府是秋舉於鄉

追維府君平日之訓嗚咽不置遂詮次為家傳用詒我後嗣子孫

貤贈宜人先王母謝太宜人家傳

太宜人系出謝氏未笄而歸我先王父以童養媳入門循俗禮也先王父二十授室太宜人實長二歲云是時曾祖考政威公貧甚苦身約志不受人非義之錢而曾祖母又早衰不任井臼服勤致養一以太宜人為之太宜人奉祖姑事尊嫜能盡得其歡心先王父治生稍裕堂上旨甘日就豐腆而太宜人節嗇自持終其身如一日道光癸未邑有同姓者以事忤嘉興王令令搆之急事誤連先王父乃出走避於時外侮罙乘不遑內顧朝夕百需太宜人積鍼黹所入以佐饔飧黽勉有無不以累先王父先王父故友愛昆弟同居不忍析爨而叔祖泰然公好酒妣郭太孺人仁弱內外諸務悉稟成太宜人咸有條貫先考暨諸叔就塾歸必問所讀稍不懌即加扑責先王父客梨里數年歸而先考已游庠太宜人之教也丁亥以後先妣來歸諸姑漸長太宜人坐一室督理女紅自晨之夕寂無欬笑室中惟紡車刀尺之聲婢媪趨役目不他視夜半太宜人寢先妣與諸姑始得語笑以為樂天性嫻靜御下不嚴而肅惟聞人述稗官小說時一啟顏焉有弟寶珊公屢以折閱貸先王父五百金猶不能振太宜人乃迎父雪堂公母蔣太君贍養於家並後太宜人卒太宜人歿於道光乙未八月壽五十七同治己巳秋 貤贈宜人

記移先妣柩事

咸豐庚申四月粤逆陷禾郡先妣倪太宜人以道光庚戌春歿殯於城北月河張氏屋越十年不克葬遭亂又不及遷也同治甲子正月南贛總兵官程公學啟常鎮兵備道潘公鼎新編脩劉公秉璋以蘇軍攻嘉興程公駐城北潘公劉公駐城東余在軍中欲往月河終不果二月十八日郡城既克二十三日請於先大夫謀移先妣柩於鄉乃具小舟二傭者五人從潘公乞旗以行時環城砲船如櫛訶詰甚嚴見有旗始不問比至月河敗棺棄骸交錯於路荊棘刺人足至不能步張氏屋已無有前後諸殯皆發露先妣柩在叢蒿中雖被撬尚無恙棺已模糊獨其下所支木猶可辨識亟呼傭者舁歸舟去月河不二里適程公凱旋蘇州輜重塞河余舟奪路而行傭者刺篙爭先為兵士箠擊幾殆舟行所過荒郊殘壘無主之棺無數或燼或否余始歎夫親歿不葬遭罹兵燹至不可問先妣柩僅存幸得還葬繄先靈實式憑之未嘗不慟定思慟而繼之以泣也於是遂殯先妣於夾溇濱至庚午十二月始克與先大夫合葬於宣家壩之原方余移先妣柩未久郡城善後局募人瘞薶無賴者夜發人棺貨其木斂其骨以受雇直於局子孫歸里求其先壠不可得蓋停棺不葬之禍其末流乃如此嗚呼可不懼哉

書朱辛泉事

同治辛未三月余與同年生朱琛谷鋆翔遇於京師琛谷寓所與余相距不數武禮部試竣時相過從為余述其弟辛泉君死難甚烈出所撰事畧示余且言吾弟已蒙大吏奏䘏得旌如例矣而浙江昭忠錄無述其事者乞余為文誌之余不敏然無以辭也辛泉諱鎏字茂修浙之江山人少孤力學以穎悟稱年十九補諸生工詩文善小楷學使吳晴舫侍郎拔置高等食餼巡道劉耘藍觀察嘗試所屬金衢嚴三郡擢君第一名噪一時咸豐戊午粵賊由江西犯浙東陷江山邑人爭栅其山隘結砦自保君所居長臺村在縣東南為賊走遂昌要道君率村人團練其中以拒賊賊連陷數縣君之居亦燬於火辛酉夏賊再陷江山將由遂昌走處州君偵知之率衆禦於太陽山下之壕嶺截其入路五月二日賊大至君所率團練皆散走君獨誓死不去遂被執脅之降不從賊强曳之君怒罵不屈遂遇害同時見者為股栗賊退獲其屍面如生時年三十有九云嗚呼自賊陷浙東西數年士之激於忠義以死報國者所在多有若君之殺賊不克復罵賊不屈以死如此豈不烈烈然大丈夫也哉琛谷恂恂儒者其言質實無愧詞友愛之誠發於天性余故尤樂道其事焉

徐蘭史小傳

蘭史諱錦字瀛臣吾郡嘉興縣人也祖某父晟故素封蘭史從兄玉笙有神童之目始以讀書起家長老皆稱徐氏子不凡而昆季繼起麟驤虎奮則以蘭史才為最是時嘉興多名宿吾師朱幼泉先生實為領袖其高第弟子褚二梅昆季並一時之儁而石君蓮舫績學工文亦有聲於時余少習於諸君酒酣談藝奮袂抵几各有登壇拔幟之意蘭史最後出駸駸乎參駕其上人競異之幼泉先生歿於咸豐癸丑是歲今尚書萍鄉萬公按試吾郡擢二梅第一蘭史第二蘭史頗不懌讀其文雄深奧折一時無不心折蘭史者又逾年丙辰前侍郎　周公來視學復置二梅第一蘭史第二蘭史作符登語曰我不幸與此羌並世明年丁巳科試二梅以憂去蘭史第一二梅故侮笑之曰吾在君不得爾蘭史益憤銳志覃思期自奮於學山長朱先生久香邑侯薛先生慰農皆亟稱蘭史國士而太守芝巖李公雨峯馬公並歎賞不置每課書院輒以蘭史冠其曹蘭史文兀奡自喜才氣橫溢不可逼視好馳騁筆墨不主故常自蓮舫館其家磨礲切磋調高氣遒卓然名家歲在戊午遂以第一人舉於鄉先是馬公合郡士決科首擢蘭史及得省元則大喜而久香先生聞報亟往賀主司得人主司益大喜己未庚申會試不第歸益肆力於古喜為詩瑰麗似義山奇拔似長吉歌行跌宕淋漓

善學太白尤擅勝場駢體文驚才絕豔莫與抗手有靈素堂詩文集七卷嘗乞余為序余謝不敏而蘭史序蓮舫文有久壓卿輩誰定吾文諸語余心許其不祥未幾玉樓成蘭史逝矣蘭史為人短小髮早白性孝謹善事親鄉舉時父母未老顧時以發名成業不逮其親為懼并日而學以博親歡庚申夏歸自京師遇寇亂避遭父喪避地奉母悲咤不自聊遂卒年二十九娶於陳有子二余為詩五章哭之極慟蘭史卒數年而其弟季偉從兄金坡先後登賢書蓮舫與蘭史同科二梅則以己未至今論吾鄉才士必首蘭史云

論曰蘭史既死或傳其遇賊殉難事上之當事請旌余不甚得其詳方己酉壬戌間闔闢避亂蘭史與余數相遇必痛哭談當世事髮皆欲裂是固宜然然蘭史自有其可傳者余為之傳第述其為學奉親之實而死事月日則不能備書宿草漸湮遺文可涕蘭史有知或不以余為沒其大節也夫

計珠傳

計氏之先出於隷首神禹時大計天下之政以功命氏其族遂顯其後有九數者學於周保氏佐太宰掌邦賦世守(能)其官又十餘傳至籌當漢武帝立平準法課商緡摧舟軺與桑宏羊孔僅用事桑孔敗籌亦免子孫繁衍歷漢唐宋不絕元世祖登極命郭太史守敬訪計氏後得盤盤號珠以字行為人方面脩幹胸有條貫博涉多通守敬以聞得召用計氏之學能推知易卦(著)策春秋朔閏考立器量及天文歷律諸書靡不綜貫九章之術五曹之經目覽手營精覈無比珠尤圓捷中人意惟所推移無不如志在上前進退左右不失分寸世祖異焉守敬撰授時術請以為靈臺郎與臺官考立成諸法盈縮加減窮極纖微不少爽守敬恨相得晚天下初定版籍淆訛部胥因緣為姦世祖患之詔遷珠戶部郎調工部又轉兵部舉天下戶口錢糧士馬芻粟軍屯之籍行省所上悉以委珠珠每至一曹鉤稽攷核應手輒辨文書山積判決如流羣吏皆欲得珠白事(奔走上下喧聒盈耳)珠秩然不亂卒各如其意以去自舉朝公卿大臣郡縣守令有所記籍多就珠取決下至閭閻富商大賈乘時取贏莫不奉珠為格式由是貴寵傾當世進戶兵工三部侍郎兼欽天監監正封紀國侯珠為(忍)跂捭闔自喜學問奥博無涯涘惟守敬知之嘗問珠乘除之理以二五為用何也珠曰有陰陽即有五行有日月即有五星自

然之理也顧其位至五而進至九則極而益進何也曰位以五為尊在易卦為君爻在洪範為皇極其位在上故進也亦以九為極在易曰用九見羣龍无首吉言不可極也極則必反故其位益進也進而有空位何也曰位不當也在易二以陽居陰五以陰居陽則為不當位不當位故空也守敬大稱善盡出其所論著與商定焉有司度田不實詔赴江南勘驗珠以意創為歌訣使人得習其術其書盛行還朝進尚書管欽天監如故珠既得志浸驕好言利不親文士謂文人徒知弄筆耳於國家何益於是諸儒皆側目會上召朱提侯白鎔白水侯萬選論事久不決以問珠珠嘿不言意在伺上指而可否之上命侍臣掖珠珠乃起謝世祖不悅忌者因言珠巧滑不可用依違中立持法不如實宜罷斥守敬既卒廷議皆不右珠用是遂替有詔解其部務以列侯歸第珠老矣骨節懈脱無復整比子孫無行多竊從市儈游日夜不息或與人爭至拍案乃罷計氏始衰然自珠去位而部務滋蠹不可究詰靈臺之法多差忒人以是思珠之功焉

論曰計氏之族繁矣相傳其支子曰筆者周末與疇人子弟游海外顯於西域中土自漢以來惟籌與珠有聞籌之學雜縱橫而珠善綜核進退有法度奚過前人遭時多幸為元功臣卒以讒疏元之不振有以哉

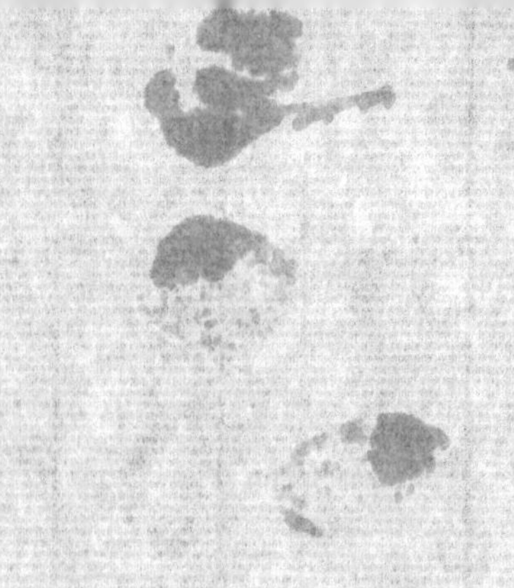

書文選後

文選有贋作三李陵答蘇武書陳孔璋檄吳將校部曲阮瑀為曹公作書與孫權按之於史並不合皆贋作也陵書之偽昔人已言之矣琳檄瑀書世未有疑者故備論之

檄云年月朔日子尚書令彧告江東諸將校部曲云云按建安十七年十月曹公征孫權表請荀彧勞軍於譙軍至濡須彧病留壽春以憂薨明年操遂為魏公則彧死在是年十月後矣今檄稱自董卓作亂以迄於今將三十載攷中平六年大將軍何進謀誅宦官召卓將兵詣京師卓始為亂至建安二十三年乃三十載文約舉之亦必建安二十年後乃得稱也檄稱建約梟

夷則建安十九年十月二十年五月事也羣氐率服則二十年三月至五月事也張魯還降則二十年十一月事也巴夷王朴胡等歸附則二十年七月事也馬超妻子焚首金城則十九年正月事也夏侯淵拜征西將軍則二十一年事也匈奴南單于呼廚泉來朝留漢則二十一年七月事也皆在彧死後數年校其年月既屬不符而核之地勢復多訛謬檄云萬里剋期五道並入而按文則僅壽春一道庸蜀二道豫章三道會稽四道無所謂五道者善注以征西甲卒五萬為一道不知此道何出自赤壁戰後江陵皖城並為吳有魏吳用兵並在合肥濡須口居巢三路文帝黃初六年始至廣陵故城臨江觀兵又嘗命曹休

等出洞口曹仁出濡須夏侯尚等圍南郡伐吴之兵數道並出略可攷見若檄欲誇耀兵勢震讋敵國則當云陸師出江陵為一道合肥為二道水師出廣陵為三道洞口為四道海師趨會稽為五道乃於當日軍情地勢脗合夫合肥居巢久屯重兵與吴對壘今乃云百萬之衆自壽春而南則勢反迴遠已不得其要領庸蜀非魏地童子知之乃云南臨汶江搤據庸蜀非特於情勢懸隔且虛言恫喝又將誰欺江夏襄陽之師横截湘沅試問中隔荆州武昌豈能飛越此適為吴人所笑也樓船横海魏軍無此名號更非事實夫年月之外如彼地勢之疏又如此非贋作而何或謂魏志華歆傳歆代荀彧為尚書令太祖征孫權

表為軍師荀攸傳魏國初建為尚書令蓋彧死而歆代歆遷而攸代疑檄文尚書令或乃攸之訛不知荀攸於建安十九年卒裴注引魏書甚明亦非也昭明不攷而收之注家亦不是正陋矣

瑀書於吴魏當日情勢較為明切文亦婉勁可喜然攷之亦是偽書文云若能内取子布外襲劉備以效赤心則江表之任長以相付子布者張昭也昭雖有重名非魏所憚赤壁之役勸權迎操權嘗使攻九江之當塗不利而退昭非魏憚豈得與劉備比也又云聞荆揚諸將並得降者皆言交州為君所殺豫章距命不承執事善注引吴志以交州為孫輔豫章為劉繇孫輔被

繫在建安五年劉繇為笮融所破病卒孫策過豫章而載其喪在建安四年並據通鑑而瑀書叙赤壁江陵之戰則在建安十四年後安得尚有劉繇善注甚疏然攷吴豫章太守前為孫賁後為孫鄰父子在郡垂三十年並無距命事而孫輔之罷交州亦未嘗見殺其他劉表孫權所置交州刺史若賴恭步騭吕岱均無見殺事此以見其非也

己巳六月得湖海文傳一書内有凌廷堪次仲書陳琳檄吴文後一首其辨正年月各條視余較詳而余文所論地勢疏謬為凌氏所未辨故仍存之

又竹垞太史書玉臺新詠後云劉知幾疑李陵荅蘇武書為齊梁文士擬作蘇子瞻疑陵武贈荅五言亦後人所擬而統不能辨非不能辨也昭明優禮儒臣容其作偽令文選識行作偽者心不徒勞也已自是妙論

書五代史家人傳後

易曰有父子然後有君臣有君臣然後有上下有上下然後禮義有所措君臣父子（重讀父子二字）天地之大經也夫必有父子而後有君臣則生民之本立而天下之治定矣世之亂也豪傑蠭起皆欲稱帝自雄倉猝舉事雖坐視其天屬之就誅而毫無所顧忌嗚呼自非天下大亂而何致是哉漢高祖與項羽爭天下羽欲烹太公高祖為譎辭以免方太公置俎上時分羹之對高祖誠無如何當其先豈遂無術以脫父於厄何為高祖未嘗一動心而良平諸臣亦不為之畫策也吾觀五代之亂唐明宗自魏反而其子從璟見殺廢帝自鳳翔反而其子重吉見殺晉高祖自太原反而其弟敬威敬德子重允重英見殺周太祖自澶州反而其妃張氏子青哥意哥等皆見殺之數君者幸而事成方其起事之初不顧家族以視漢高祖之不恤其父雖若有間然其子之見殺於朝何莫非其推刃而自殺之也王莽自殺其子而逢萌謂之三綱絕其明宗諸帝之謂矣夫為人主不信其大臣授以重鎮付以强兵必留其子弟京師以為之質其於防制之道不可謂不周及乎事勢相迫逆節萌生曾不能以此稍縶其手足為天下者不顧家彼固已忍絕父子之恩復何有於君臣之義也悲夫

書區田編後

同治庚午余與陶子方之同客吾師楊中丞幕中方之好言區田法為余講論甚悉有導民興利之志余甚韙其言越歲辛未方之得官文縣余來津門見有所謂區田編者則前湖南李廉訪廷樟官山右時所刻也其說採自農政書并為之註末附陳纖亭先生冬月種穀法皆簡明易曉晉民嗜利栽罌粟占田過半廉訪憂之錄此書諭民將以救罌粟之弊非徒為旱備也適畿輔久旱吾邑張翀甫重刊是編以勸廣平各鄉以亦行之而有效者世皆言區田始於伊尹蓋本齊民要術余讀朱子詩集傳云后稷為田一畝三畎廣尺深尺而播種於其中苗葉以上稍耨壟草因壝其土以附苗根壟盡畎平則根深而能風與旱不覺訢然笑曰是非所謂區田法乎特不言糞種耳稷以教稼祀萬世而播種之利乃在區田即富民之道可知矣漢初去古未遠朱虛侯之歌曰深耕溉種立苗欲疏蓋猶得此意其後古法寖失水利不修北方之民投種於地待澤於天未嘗勤四體以求五穀之獲無惑乎一遇旱乾而飢鴻徧野也苟行此法以拯荒其於利民之政豈小補哉因書其後將寄以質諸方之焉

詩集傳本於漢書食貨志苗葉以上當從漢書作苗生葉以上

讀論語正義

論語一書凡朱子所定章句義理尤為精確漢學家斷斷古義卒莫能難也其有朱註與舊說本同而講章自生違異則當以舊說為長如願車馬衣輕裘與朋友共敝之而無憾斷與朋友共為句何晏集解與朱註皆無明文邢疏云言願以己之車馬衣裘與朋友共乘服而破敝之而無恨也連九字為一句義本直捷講章以共字斷句則共者未必即敝必下雖字一轉反為迂曲夫子固有惑志於公伯寮吾力猶能肆諸市朝集解斷夫子固有惑志為句引孔曰季孫信讒恚子路於公伯寮二句下引鄭曰吾勢力猶能辨子路之無罪於季孫使之誅寮而肆之有罪既刑陳其尸曰肆義最明顯朱註以言其有疑於寮之言也解固有惑志以言欲誅寮解肆諸市朝其意未嘗不同自講章泥註中於字遂以於公伯寮四字誤連上文作一句讀則是景伯肆諸市朝之言措詞無別白矣不如舊讀明甚與師言之道與邢疏云此是與師言之禮與語甚易曉朱註聖門學者於夫子一言一動無不存心省察如此亦未嘗有異說也而講章必以與師言之為句道與二字別為句不知與師言之道與固相師之道也兩之道字相應其文法與多學章非與曰非也正同何庸別生異義耶若孝乎惟孝句為同姓謂之吳孟子句惜乎夫子之說君子也句古義不同亦可與朱註互參云

春秋魯子般卒説

嘗考左傳魯隱公館於蔿氏而遇弒陳靈公淫於夏氏而遇弒齊莊公驟如崔氏而遇弒晉厲公游於匠麗氏而遇弒衛莊公入於己氏而遇弒人君或輕出無備或縱淫無禮或盤游無節去其宮掖離其護衛使姦人逼近肘腋得以伺隙而生心白龍魚服之禍史氏書之凡以示警也若魯子般之弒吾惑焉莊公以三十二年八月癸亥薨子般即位次於黨氏冬十月己未共仲使圉人犖賊子般於黨氏去公薨五十七日是時莊公未葬子般在喪當居倚廬疑無出次於大臣家之理傳稱公築臺臨黨氏雖不言其地所在而冉有從季孫如朝次於黨氏之溝則黨氏之居必去公朝甚近而又為子般母家豈是時共仲將作難宮闈虛弱子般孤危而權處母家以自衛與抑惑於陰陽禁忌之説不居堊室出次於外以適蹈於禍機與世遠茫昧二千年以前之事固難臆斷然吾觀鄭內蛇外蛇鬬南門中內蛇死厲公入莊公以問申繻有蛇自泉宮出如先君之數聲姜薨毀泉臺以二事觀之則魯君臣平日之拘忌陰陽亦可概見是吾前之説固事勢所有後之説亦非必事理所無其後魯襄公薨子野次於季氏而卒趙氏若訥經筌黃氏若晦通説暨　本朝望溪方氏震滄顧氏皆斷為季氏所弒其事與子般相類而其所以居喪出次之故則皆傳疑而莫可考余故為之説以俟論

定馬子般子野之卒蓋未可與陳靈晉厲諸君同類而共譏已

夫子說一首寄鍾師

夫子尊稱也美稱也亦通稱也自孔孟出而當世諸侯及門弟子翕然以夫子稱攷書傳夫子二字始見於尚書牧誓其後遂為通稱齊侯使視東郭書曰乃夫子也此君稱其臣也曾元曰夫子之病亟[革]矣此子稱其父也公孫敖之二子曰夫子以愛我聞此叔稱其姪也陳子車之妻曰夫子疾莫養於下此妻稱其夫也臾駢曰夫子禮於賈季謝息曰夫子從君而守臣喪邑此家臣之稱其主也正常曰夫子有遺言子濯孺子僕曰夫子曰吾生此僕圉之稱其主也若夫春秋賢士大夫於其生平所尊敬之人無不稱夫子者夫子存我向戌以稱子罕夫子知我子產以稱子皮夫子覺者叔向以稱祁奚夫子君子晏嬰以稱韓起然此猶述其人而稱之非對其人而稱之也論語夫子之說夫子之云則子貢覿面所稱矣蓋當時儒者之施於有位禮尊則然以是為尊稱也美稱也天下之通稱也不然女子之於人無所為稱者也僖負羈之妻謂晉公子曰夫子必反其國豈非夫子為通稱之明驗哉至戰國而風氣變諸侯王卿相尊禮賢士則必稱之為先生孟子遇宋牼石邱亦以先生稱之沈猶行樂正子之徒則皆稱其師為先生曲禮因之師稱先生自此始論語言先生者二條指父兄師長孔門弟子無稱孔子為先生者說苑雜言篇子夏避席而問曰然則四者何為事先生明以先生稱孔子然秦漢以後記述非語孟所有不可信餘類此

後世弟之於師以夫子先生並稱而夫子義有專屬非復三代
時之通稱矣作夫子說

門人說

門人為記事之辭自稱於其師必曰弟子故曰弟子不能學也曰弟子之惑滋甚曰弟子敢不承乎子貢言門人之喪特泛指及門耳非自稱也記事之體或稱門人或稱門弟子或稱門人小子其義一爾或者不察乃以門人厚葬為顔子之門人門人為臣為子路之門人恐非事實漢碑於弟子之外復列門生未知何所取義也

按曝書亭集孔子門人考引歐陽子云受業者為弟子受業于弟子者為門人試稽之論語所云門人皆受業于弟子者也顔淵死門人厚葬之此顔子之弟子也子出門人問此曾子之弟子也子疾病子路使門人為臣又門人不敬子路此子路之弟子也子夏之門人問交于子張此子夏之弟子也孟子云門人治任將歸入揖於子貢此子貢之弟子也觀洪氏隸釋隸續所載東漢諸碑有弟子復有門生門人弟子固有別矣云云銘按曾子少孔子四十六歲孔子殁時曾子年二十七如謂一貫之呼曾子之弟子已得與聞於孔子之堂殆未必然況互鄉章之門人惑又屬誰之弟子乎檀弓孔子既得合葬於防孔子先反門人後是時孔子喪母年二十一太史公孔子世家言適周問禮於老子既反而弟子益進在昭公二十年孔子年三十矣是孔子喪母合葬之時即已有弟子而弟子之弟子則未必其時已有也記稱孔子與門人立拱而尚右孔子之喪門人疑所服皆指孔子弟子言闕氏四書釋地三續謂後漢賈逵傳始析弟子與門生為二此古今稱謂之不同此說甚當附識於此

又按論語參乎章邢疏門人曾子弟子也厚葬章門人顔淵之弟子曝書亭集本此若互鄉章為臣章由瑟章疏皆以為孔子門人是門人原有兩解

官輪船招商私議

自江南福建開厰仿造輪船糜帑數百萬成船十數號漸有著效幸值中外議和海洋甯謐而養船費鉅日漸不支於是有以變通之策為經久之圖者計莫如招商承租使自駕駛無事則四出經營足奪洋人之利有事則仍歸調遣無損中國之威況自外國輪船入內洋沙船海船盡失其業巨商無所牟利與洋人合貲轉運者所在多（成市）有一旦以華商自有之財駕中國自有之船不復受制於人大利所在爭趨若鶩夫亦何樂而不為者是說也為商賈計甚便為度支計甚裕為　國家久遠計亦甚得也然而其難有三試畧言之外洋以兵輪船攻戰商輪船貿易出入重洋七萬里縱橫如志非特財力雄富勢力亦足以張之以華商有數輪船參錯於洋商十百之間財力勢力之不敵不待智者而辨中國輪船月餉千數百兩雜費月亦千兩商船除去兵勇外月雖不逾二千金然非得鉅萬貲本不能取贏挾重貲涉大洋以要求不可必得之利既非商情所願且其名與洋人爭利動必為所疑忌無論起卸有棧停泊有埠不如洋商之現成而中國輪船行駛較緩一切行市情形電報信息仍不免仰洋人之鼻息洋人以壟斷之奇小施其技抑價平市早到速售數月之間力能使華商折本虧利屏息喪氣而莫敢與爭其不能與外洋敵者一也外國輪船進口起單驗貨照章納稅

自非條約所載中國官不能過問以彼法令齊一尚不至弊孔叢生而勢力雄强亦不懼官吏需索華商攬運如果獲利其舵工水手人等夾帶私貨如珠玉綢緞貂參之類在所不免一經漏税則關胥之婪索巡役之吹求如雲而起倚法病商不無株累即使絶無諸弊而官中文報餉需軍火糧仗挾勢乘便豈能拒載受役無已私耗必多其不敢與官長抗者二也洋船駛行江海撞覆民船無月不有訟而得償者千百之一耳雖經領事官議賠而洋船來去自如毫無顧忌華商駕船設有此案大則人命小則貨財官吏必不能概置不理一經涉訟即滯行商為華商者安能保行船之必無是事何以處之况附載之客早晚

不齊延誤時日亦不能絶情滅理開行不顧遇有失物易啟釁端多難理論其不樂與中土人為難者三也有此三難前則慮商力之不給後則懼官民之相掎是莫如官商會辦官給貲而商行運商倚官為主持明定章程則三者之弊可免是固然矣然而亦有難焉者華商果肯承租其財力揮霍自能取辦何事於官若商不踴躍而官出貲誘之其事已涉於勉强萬一折閱商困即不問而官本必須償也勢必舍舊招新撑盈補虛久之舊商無咨追之實新商有承賠之欵而疲不可言矣縱使不然而日積月深官項未曾清繳則官累商利不能久償則商累恐徒見其兩累未見其兩益也不特此也官廠輪船費帑鉅萬商

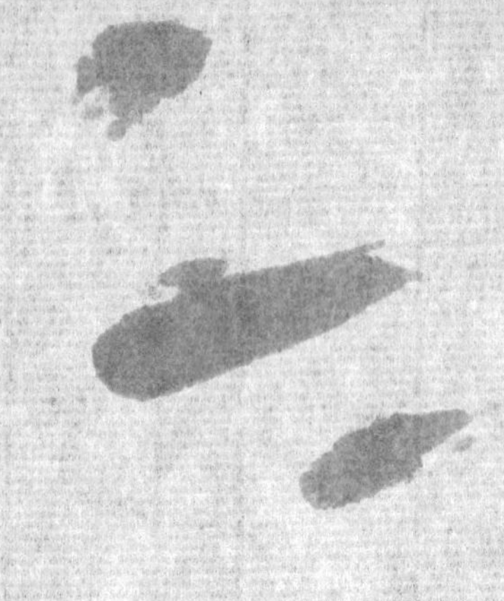

承祖而船器廢壞官不任受也歲修上塢動須累月商認費而久曠營運商不樂受也至於無事歸商有事歸官平日無兵操練臨急而召之禦侮庸有濟乎則所謂無事任彼經商有事歸我調遣者徒託美言無裨實用固未見其有利矣然則養船既不支招商又非策是必如當事之議停造輪船而後可其說然與曰是固未敢輕議也夫權天下事利害必尋其立法之本意而後可議於救時之要務外夷之有輪船非徒為行商計也彼其雄長歐洲淩跨中夏一以輪船為之即使行商無利而彼之勢不容已也中國造船與之接仗則不敵與之爭利則不能然而當國大臣力排羣議而為之者豈徇名哉其意將取彼之長

輔我之短固不能惜小費而隳遠謀也然自中國有輪船而洋盜無警未嘗不少收其利為今之計謂宜令沿海各省會議就海疆要口水師重鎮分撥輪船以定造船之多寡洋稅不停船費自在然後裁水師之額餉以抵舵水各餉裁戰船之經費以補輪船諸費務使船有定額餉有限制則養船之費自足再有不敷則并陸營防勇之不任戰者酌汰之以濟用庶不致隳已成之功為遠夷所笑乎至輪船分防各口將弁習於駛練沙線礁岸漸能熟諳礮準鎗靶多能及遠脫有緩急而各口自為防禦各省互通聲援猶不至束手無恃是造船雖不足以自強未嘗不可以自救也若徒以招商為省費必至商與船俱敝立法

之本意豈為是哉固陋之見是否有當敢私以聞於執事謹議官廠輪船亦有兵船貨船之分招商承租係專指貨輪船而言貨船當有事之時亦只能裝儎兵勇糧餉不能擊仗篇中所議未曾分晰此層近見湘鄉相國書謂中國商人每不樂與官交涉而閩督撫奏亦以撥給殷商駕駛為可惜皆破的之論

又見當事一説前年洋商江西輪船與千里馬輪船爭利同走北洋猝將千里馬輪船撞壞比及修好而江西輪船之獨擅其利者已數月矣華商駕輪營運必為洋商所忌倘被尋釁撞壞不與較則示弱而所傷實多與較則釁從此啟此意人未見及附識於此　又上海捕盜局威靈密輪船泊吳淞口為俾物樂輪船撞壞溺死兵勇二十八人後議償還銀五千餘兩每兵勇一名償銀一百兩在外內威靈密輪船竟廢而俾物樂船則行駛長江自若也此亦前車之鑒

書官輪船招商私議後

容有讀余輪船招商議而歎曰甚矣書生之見之不足與議天下事也夫自泰西各國通商始惟香港一口後則北洋三口南洋十二口於是江海之利盡為彼有駸駸乎有反客為主之勢洋船一敵華船百今外洋通商輪船無慮百數奪中國江海商船之利即無慮萬數而彼船且日增未已行於海口者浸且至內地矣行於外江者浸且至內河矣如是不已　國家雖歲增洋關之稅而利源盡屬外夷如人之膏血被吮幾何其不尫羸而瀕於死有心國是者所為慷慨而扼腕也今以官輪船行商我船少誠不如彼船之多然我增一船彼少一船之利增十船彼少十船之利如是以轉漸移而彼無從獨專其利況我船日行江海貨益通人益練有事呼應益靈雖殫財耗費猶將為之況與彼分利耶度彼人之與我角者不過減價爭售耳撞船尋釁耳彼減價我亦減價兩減則利在民而彼何利焉尋釁則有條約在我恐而持之不能以此示弱也且夫和約之不可必恃夫人而知之設有兵端靡帑千萬豈能竊竊然效兒女子計較哉若慮其爭利生釁而束手不為因小不便而忘其所大不便則惑之甚矣如子之說中國造船與之擊仗則不敵與之爭利則不能然則造船何為也甚矣書生之見之不足與議天下事也僕聞之逡巡失色卻顧而對曰若客所論僕誠不能闚見萬

雖然而有說焉

一以客之高義願得畢其辭可乎夫洋商盡占我利客知之稔矣與我爭利不出減價搶船二端客慮之熟矣華商以圖利為志利則進害則退況利害較然彼豈能為　國家計久遠與洋人較短長哉減價搶船二端華商已聞風而懼則僕謂招商之難非過論也若官商會辦之難前議抑有未盡者以洋商輪船而論行北洋者兩家旗昌怡和一則船多而運速貲盛而貨聚進口能以小輪船剝淺故如期立辦而其一不能也謂怡和行長江者一家金利源以其埠近而棧寬船速而期準眾商稱便雖龍斷居奇而莫之禁而其他不能也就洋商輪船相較而其不敵已如此況以官輪船獨樹一幟則必設行棧開埠頭立公司籌保險非數十萬金不可而華商之信官輪船也不如其信洋輪船之堅則攬載客貨甚難若無商攬載而自為營運百萬之貲數月而窮於周轉又將何以持久乎且我船不與洋商角則已苟與之角不勝而止則為笑蘄必勝而後已大農之藏有司之橐未見其能繼也夫閩滬養船之費猶懼不支而求助於商今且擲鉅萬之貲經商而不善其後可乎慮其難繼而慎其初發則僕謂官商會辦之難非過論也攷閩船議造十有六已成者九滬船議造十餘號已成者六然皆兵輪船居多外省自置輪船廣東九江蘇三安徽一僅供捕盜之用未有可以裝萬石涉重洋者船且未成而商於何有必不得已試購一二船先行轉漕以

其餘閒載貨是直分沙船利耳曾何損於洋人毫末哉有大力者出焉官商合貲數百萬官為之倡而衆商之願從者聽又下令沿海各商得廣置輪帆各船編以官號恣其所適其稅華輪船也必視其稅洋輪船輕使華商皆樂為我用然後可撓彼利權而奪其所恃而今則其勢未能也夫造船本中國大舉未及六百萬而言者乞停養船亦中國要務未及百萬而議者告倦大抵惜費之意多求效之心迫蓄謀雖深發機甚淺以視洋人之堅忍沈鷙蓋遠不逮也又豈獨招商一事然哉而論者且設為未必然之效以張大其勢異乎吾所聞僕誠書生不足與於大計惟客幸而教之客退遂書其說於後同治壬申十月